24 octobre 1905
Rouen

COLLECTION

De Feu M. BOUQUET

COMMISSAIRE PRISEUR HONORAIRE

TABLEAUX
ESTAMPES, LIVRES

LE PRINTEMPS ET L'HIVER

Deux Bustes en faïence de Rouen

LA VENTE AURA LIEU

Par le Ministère de l'un de MM. les Commissaires priseurs
de Rouen

Assisté de M. ERNEST SCHNEIDER, Libraire

LE 24 OCTOBRE 1905

A une heure et demie, rue Saint-Maur, 22

ROUEN

Librairie ERNEST SCHNEIDER

26, rue Jeanne-d'Arc

1905

COLLECTION

De Feu M. BOUQUET

COMMISSAIRE PRISEUR HONORAIRE

TABLEAUX
ESTAMPES, LIVRES

LE PRINTEMPS ET L'HIVER

Deux Bustes en faïence de Rouen

LA VENTE AURA LIEU

Par le Ministère de l'un de MM. les Commissaires priseurs
de Rouen

Assisté de M. Ernest SCHNEIDER, Libraire

LE 24 OCTOBRE 1905

A une heure et demie, rue Saint-Maur, 22

ROUEN

Librairie Ernest SCHNEIDER

26, rue Jeanne-d'Arc

—

1905

CONDITIONS DE LA VENTE

La vente sera faite au comptant. Les acheteurs paieront en sus des enchères dix pour cent, applicables aux frais.

L'Exposition mettant le public à même de se rendre compte de l'état et de la nature des objets, aucune réclamation ne sera admise une fois l'adjudication prononcée.

Il y aura Exposition, le lundi 23 octobre, de deux heures à quatre heures.

M. E. SCHNEIDER remplira, moyennant la Commission d'usage, les ordres d'achats qui lui seront confiés.

Pour la vente du mobilier, consulter les affiches.

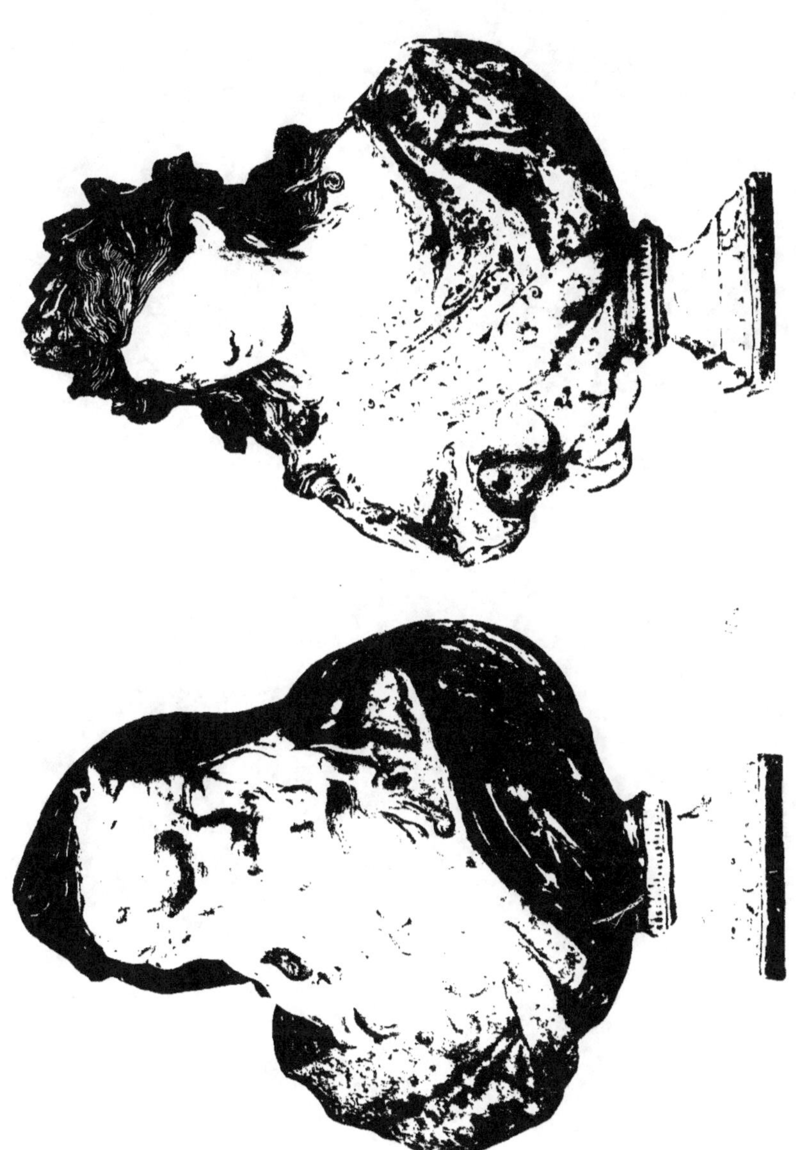

LE PRINTEMPS
L'HIVER

TABLEAUX

BOUQUET (Jeanne)

1. Vase de fleurs (45×38).

DUJARDIN (Ecole de Karl)

2. Groupe de paysans au repos au pied d'un tronc d'arbre; des chevaux y sont attachés et paissent près d'eux.

HUE (H.)

3. Moulin sur un cours d'eau, au bord duquel se trouve une femme lavant du linge; un homme aide une autre femme à descendre de cheval et l'embrasse.

ECOLE FLAMANDE

4. Les Buveurs.
5. La Lecture de la lettre.

LEFÈVRE (d'après)

6. Vase de fleurs (35×28).

SCHULTZ (de Francfort)

7. Marine hollandaise : des navires et des barques en garnissent le premier plan, une ville au pied des montagnes forme le fond de ce tableau.

ULRICH (J.)

8. Villa suisse, peinte en 1842. — Marine. Deux tableaux faisant pendants.
9. Marine (25×37). — Intérieur de ferme (25×37). — Cours d'eau (41×33).

ESTAMPES

ADELINE (Jules)

10. Hôtel du Bourgtheroulde, Jubé de la Cour des Libraires. (Deux eaux-fortes.)

BACHELET (1765)

11. 1° Vue du port de Rouen.

2° Vue de Rouen prise de la côte Sainte-Catherine.

3° Vue de Rouen prise de dessous la voûte des Chartreux au sud-ouest de cette ville.

Suite de trois pièces en *très bel état*.

BELLANGER (H.)

12. La politesse française. Gravé par Joubert, avant la lettre. Publié par la *Société des Amis des Arts de Rouen*.

BONALI (Pompée)

13. Vénus caresse l'Amour. Gravé par Porporatti.

Belle épreuve.

BOREL

14. La faute est faite, permettez qu'il la répare. Gravé par Anselin.

DIÉTRICY (d'après)

15. Le musicien ambulant. Gravé par Fosseyeux.

15 *bis*. Le joueur de violon hollandais. Gravé par Fosseyeux.

15 *ter*. Les offres réciproques. Gravé par L. G. Wille.

DROUAIS

16. La Cananéenne. Gravé par Avril, en 1812.

DROUET Fils (François)

17. Pièce gravée par Charles Melini.

DULORT

18. Sortie d'église. (Gravure en couleur.)

FRAGONARD (Honoré)

19. Les Baignets. — L'Heureuse fécondité. Deux pièces faisant pendants. Gravé par N. de Launay.

> Belles épreuves.

FRAGONARD

20. Les Hazards heureux de l'escarpolettes. Gravé par N. de Launay.

> Très belle épreuve avec la faute (escarpoletteS). Marge.

FREUDEBERG

21. La Félicité villageoise. Gravé par Delignon, sous la direction de son maître N. de Launay.

GREUZE

22. L'Accordée de village. Gravé par J.-J. Flipart, 1770.

23. La Dame bienfaisante. Gravé par Massard, 1778.

24. La Veuve et son curé. Gravé par J. Levasseur.

25. La petite Nanette. Gravé par Beljambe.

> Belle épreuve.

JUENBACH (d'après)

26. La Sainte Famille. Gravé par Kohlschein.

LAVREINCE (N.)

27. Qu'en dit l'Abbé (E. B. 51). Gravé par N. de Launay.
   Très belle épreuve.

LEJEUNE

28. Le *Via Crucis* ou le véritable chemin de la croix.

LE PRINCE (J.-B.)

29. Le Bonheur du ménage. — L'Enfant chéri. Deux pièces faisant pendants. Gravé par N. de Launay.
   Belles épreuves.

30. Le Marchand de lunettes. Gravé par Helmann, 1775.

31. Le Médecin clairvoyant. Gravé par Helmann, 1775. Deux pièces faisant pendants.
   Belles épreuves.

MEYER (J.-F.)

32. Les Animaux savants. Gravé par Guttemberg. Avant la lettre, marges.
   Très belle épreuve.

MIÉRIS (F.)

33. Tricoteuse hollandaise. Gravé par J.-G. Wille.

NETSCHER (G.)

34. L'Oiseau en cage. Gravé par Boizot, 1769.

PICARD

35. L'Apothicaire charitable. — Pierrot qui c...
   Pièces curieuses.

RAPHAEL (d'après)

36. *Comitas et Justitia*. Deux pièces par R. Strange.

RAPHAEL SANZIO

37. La Madona del Baldacchino. Gravé par Fosella.

REGNESSON (N.)

38. Jésus-Christ sur la croix.

SCHALKEN

39. Le conteur de famille. Gravé par Wille.

SCHEFFER (Ary)

40. Mignon regrettant la patrie.

41. Mignon aspirant au ciel. Gravé par Aristide Louis.

42. Faust et Marguerite. Gravé par Blanchard.

TERBURG

43. Instruction paternelle. Gravé par Wille, 1765.

TOULMOUCHE

44. Contemplation et sympathie. Deux pièces gravées par Jeannin

WILLE (d'après)

45. Bonne femme de Normandie. — Sœur de la bonne femme de Normandie. Deux pièces faisant pendants gravées d'après les dessins de son fils, Pierre-Alexandre Wille.

Toutes les Estampes sont encadrées

DIVERS

46. CRUCIFIX en ivoire, finement sculpté, dans un cadre en bois, surmonté d'un groupe de trois têtes d'anges.

47. Baromètre, orné d'une lyre, en bois ancien doré et sculpté.

48. Grande pendule d'applique, sur son socle, en marqueterie de Boule, époque Louis XV.

49. Pendule Louis XVI.

50. Pendule dorée, ornée d'une gracieuse composition.

51. Bénitier en faïence de Rouen.

LE PRINTEMPS ET L'HIVER

(80 × 55)

52. Deux magnifiques bustes attribués à Nicolas Fouquay (1686-1742). Les vêtements des personnages sont décorés de dessins polychromes dans le style rocaille d'une grande richesse d'ornementation due à Leleu qui doit en être l'auteur.

Pièces capitales de la faïence de Rouen.

Ces deux mêmes pièces existent au Musée du Louvre, avec une légère variante pour le Printemps, accompagnées de l'Été et de l'Automne supportées par leurs gaînes. Elles ont été acquises par ce Musée le 25 juillet 1882, à la vente du duc d'Hamilton, pour la somme de 66,025 francs.

LIVRES

53. ANQUETIL. — Histoire de France depuis les temps les plus reculés jusqu'à la Révolution de 1848. *Paris, Dufour, 1850*, 6 vol. in-8°, demi-chag., pl. t., tr. jasp.

54. BERNARD. — L'Art d'aimer, édit. orné de 7 figures de Martini, Eisen. *Paris, Didot, 1793*, in-8°, veau marbré, tr. v.

55. BOUGAUD (l'Abbé Em.). — Histoire de Sainte Chantal et des origines de la Visitation. *Paris, Poussielgue, 1866*, 2 vol. in-8°, rel. chag. rouge, tr. d.

56. Le même, édit. 1863, demi-rel. chag. noir.

57. BOUILLET. — Dictionnaire d'histoire et de géographie avec l'atlas, sciences, lettres et arts. *Paris, Hachette, 1874*, 3 vol. in-8°, demi-rel. chag., pl. t., tr. jasp.

58. CHODERLOS DE LACCLOS. — Les liaisons dangereuses, 2 vol. in-32, *1782*; bas. fauve, tr. jasp.

59. COLLECTION DE PETITS AUTEURS. — Dorat, 4 vol.; Piron, 2 vol.; de Bernis, 2 vol.; Fontenelle et La Motte, 10 vol., portraits, in-32. *Genève, 1777*, veau anc., tr. d.

60. COPPÉE (François). — Poésies, 1864-87; 300 dessins de Myrbach, in-8°, débroché.

61. Croix (La). Perpétuel ou passion de N.-S. Jésus-Christ depuis la fin de sa vie jusqu'à la fin du monde. *Anvers, Worms, 1652*, in-32, maroq. noir, tr. d.

Volume contenu dans un écrin orné de petits fers.

62. DARBOY (l'Abbé). — Imitation de Jésus-Christ, ill. *Paris, Plon,* in-8°, demi-chag., pl. t., tr. d.

63. ÉLOGE DE L'ASNE, par un docteur de Montmartre. *Londres, 1769,* in-32, veau fauve.

64. FALLUE. — Histoire politique et religieuse de l'église métropolitaine et du diocèse de Rouen. *Rouen, Lebrument, 1850,* 4 vol., in-8° br.

65. FARIN. — Histoire de la Ville de Rouen, avec le plan de la Ville. *Rouen, Du Souillet, 1731,* 2 vol. in-4°, veau fauve, tr. rouges.

66. FÉNELON. — Aventures de Télémaque, 2 vol. *Paris, Imprimerie de Monsieur, 1790,* in-8°, veau anc., tr. d.

67. FÉNELON. — Œuvres. *Paris, Lefèvre, 1858,* 5 vol. in-8°, demi-rel. rouge, pl. pap , tr. jasp.

68. FLOQUET. — Histoire du Parlement de Normandie, 8 vol. in-8°, y compris le voyage du chancelier Seguier. *Rouen, Frère, 1840-42,* br.

69. FOUARD (l'Abbé). — La vie de N.-S. Jésus-Christ, 2 vol. in-8°, rel. chag. noir, tr. jasp.

70. FRANCIOSI (R.-P. Xavier). — La dévotion au Sacré-Cœur de Jésus et au Saint-Cœur de Marie. *Paris, Taranne, 1877,* in-8°, rel. chag. noir.

71. GILBERT. — Description historique de la Cathédrale de Rouen, ill. *Rouen, 1837,* in-8° demi-veau fauve, tr. jasp.

72. GRANDVILLE. — Les fleurs animées, texte par Alp. Karr, Delord. *Paris, Martinon,* 2 vol. en 1 tome in-8°, reliure chag. vert, dos orné, tr. d., nombreuses illustrations en couleurs.

73. GRÉGOIRE. — Géographie générale physique, politique
et économique de la France. *Paris, Garnier, 1876*, in-4°,
demi rel. veau, pl. pap.; ouvrage orné de 100 cartes
et de nombreuses gravures en couleurs et en noir.

74. GUÉRANGER (Dom). — Sainte Cécile et la Société
romaine. *Paris, Firmin Didot, 1879*, in-4° demi-rel. chag.
rouge, pl. toile, d. sur tr., nombreuses illustrations.

75. Guide des épouseurs, par un homme qui s'est marié
sept fois. *Paris, 1825*, in-32, demi-bas., pl. pap.

76. HERCULANUM ET POMPEI. — Recueil des peintures,
bronzes, mosaïques etc., nombreuses illustrations. *Paris,
1863*, in-4°, 8 vol. cart. y compris le musée secret.

77. HÉRICAULT (Charles d'). — La Révolution (1789-1882),
ouvrage orné de nombreuses grav. in-4°. *Paris, Du-
moulin, 1883*, demi-chag., pl. toile, d. sur tr.

78. HISTOIRE DE L'ABBAYE ROYALE DE SAINT-OUEN
DE ROUEN, par un bénédictin de la Congrégation de
Saint-Maur. *Rouen, Richard Lallemant, 1662*, in-folio,
veau br., tr. jasp.; ouvrage orné d'un frontispice et de
plusieurs grandes planches.

   Très rare.

79. HISTOIRE DES PAPES. — Crimes, meurtres, etc...,
depuis Saint Pierre jusqu'à Grégoire XVI. *Paris,
1842-44*, 10 volumes demi-rel. veau vert, pl. pap.
ébarb.; ouvrage orné d'illustrations.

80. LACHÈZE (Pierre). — La vie de N.-S. Jesus-Christ. *Paris,
Furne, 1855*, in-8°, demi-chag. viol., pl. t., tr. dor., ill.

81. LACROIX (Pierre). — XVIIIe siècle, sciences et arts;
ouvrage illustré de 16 chromos et de 250 gravures sur
bois. *Paris, Didot, 1878*, in-4°, demi-rel. amat., chag.
rouge à coins, tête dor.

82. LA FONTAINE. — Fables et contes, 4 vol. *Paris et
Londres, 1790-1810,* veau, tr. jasp.

83. LAMARTINE (A. de). — Premières et nouvelles médi-
tations, harmonies, recueillements, 5 vol. *Hachette,
1886-93,* in-12, demi-rel., chag. bl., tête dorée, éb.

84. LECOIX DE LA MARCHE. — Saint Martin. *Tours,
Alfred Mame, 1881,* in-4°, demi-rel. amat. chag.
à c., tête dorée, nombreuses gravures.

85. LE LIEUR (Jacques), ancien échevin. — Les principaux
édifices de la ville de Rouen en 1525, dessinés à cette
époque sur le plan d'un livre manuscrit conservé aux
archives de la ville, appelé le *Livre des Fontaines,* repro-
duits par T. de Jolimont, volume grand in-8°. composé
de 50 planches représentant en fac-simile exact et
colorié à la main :

   1° Miniature dans laquelle on voit *Jacques Le Lieur,*
auteur ou donateur du *Livre des Fontaines,* offrant son
livre au corps des Echevins ;

   2° Les armes avec supports dudit *Jacques Le Lieur* ;

   3° Enfin tous les édifices, portes, forts, églises, mai-
sons, fontaines, etc. dessinés sur les plans dudit
livre.

   Rouen, Péron, 1845, in-4°, en feuilles avec sa cou-
verture.

   Exemplaire unique imprimé en noir sur fond rose.

86. LIGNAC (de). — De l'homme et de la femme considérés
physiquement dans l'état du mariage. Figures, 2 vol.
in-32, veau fauve anc. *Lille, 1773.*

87. LITTRÉ. — Dictionnaire de la langue française, 5 vol.,
y compris le supplément, in-4°, demi-rel. maroq. r.
à coins, tête dorée, belle reliure.

88. LICQUET. — Histoire de Normandie depuis les temps
les plus reculés jusqu'à la conquête de l'Angleterre en
1066. *Rouen, Frère, 1835*, 2 vol. in-8°, cart. bradel.

89 MARMONTEL. — Contes moraux. *Liége, 1777*, 3 vol.
in-8°, bas., tr. r., fig. de Gravelot.

90. MAYNARD. — La Sainte Vierge. *Paris, Didot, 1877*,
in-4°, demi-rel. amat., chag. bl., a coins, tête dorée.

91. MOLIÈRE, RACINE, BOILEAU. ill. — *Paris, Beau-
doin, 1782-1835*, 3 vol. in-32, veau fauve.

92. MORALE DE JÉSUS-CHRIST ET DES APOTRES. —
Paris, Didot, 1735, in-32, veau écail, tr. dor.

93. MUSÉE UNIVERSEL. — Journal illustré des familles,
1877-78, 9 vol., demi-rel., pl. pap., tr. jasp.

94. NOTICE sur l'incendie de la Cathédrale de Rouen occa-
sionné par la foudre, le 15 septembre 1822 ; ouvrage
orné de 6 pl. par H. Langlois. *Rouen, 1823*, in-8",
demi-rel. veau fauve.

95. OURSEL (Jean). — Les beautez de la Normandie ou
l'origine de la Ville de Rouen. *Rouen, 1700*, in-32,
veau anc.

96. OURSEL (François). — Histoire de la Ville de Rouen.
Rouen, 1783. br., titre manque.

97. PITRE-CHEVALIER. — La Bretagne ; illustrations par
T. Johannot Rouargue. *Paris, Didier, 1859*, in-8°,
demi-chag. r., tr. d.

98. RÉMUSAT (Paul de). — Mémoires de Madame de
Rémusat (1802-1808). *Paris, Lévy, 1880*, 3 vol. in-8°,
demi-chag. lavallière, pl. pap., tr. jasp.

99. ROUEN PITTORESQUE. — 40 dessins par Maxime Lalanne, texte par Allais, de Beaurepaire, G. Dubosc, etc. *Rouen, Augé, 1886*, in-4° br.

100. SAINTE BIBLE contenant l'Ancien et le Nouveau Testament traduits en français par Lemaistre de Sacy, vignettes. *Mons, G. Migeot, 1713*, 2 vol. veau anc., tr. rouges.

101. SUE (Eugène). — Les Mystères de Paris. — Le Juif errant. *Paris, 1850*, édit. illustrée par Beaucé et Staal, in-8°, demi-chag. vert, pl. pap.

102 SWETCHINE (Madame). — Lettres publiées par le Comte de Falloux. *Paris, Didier, 1862*, 2 vol. in-12, demi-rel. chag., p. lavallière, pl. pap., tête dorée.

103. THIERS. — Histoire de la Révolution française. *Paris, Lecointre, 1834*, 10 vol. in-8°, demi-veau, pl. pap., tr. jasp., illustrations de Ary Scheffer.

104. THIERS. — Histoire du Consulat et de l'Empire. *Paris, Paulin, 1845*, 20 vol. in-8°, demi-rel. veau fauve, ébarb.

105. VENETTE. — Tableau de l'amour conjugal. *Paris, chez les marchands de nouveautés, 1832*, 4 vol. in-32 br., ill.

ROUEN

IMPRIMERIE LECERF FILS

1905

www.ingramcontent.com/pod-product-compliance
Lightning Source LLC
LaVergne TN
LVHW011019180726
843502LV00007B/2644